KB165126

그래도 생이다

박미량 시집

박미량 시인

2009년 《한맥문학》 시부문 신인상 등단
한맥문학동인회 회원
한국문인협회 회원
성남문인협회 회원
맥놀이창작동인회 회원

E-mail: aksska826@hanmail.net

over a wall poetry

19

그래도 생이다

박미량 시집

2014ⓒ박미량

담장너머

정직한 자신을 풀어놓는 일이다

자신의 삶을 반추해 보는 것은 곧 살아 있음이다
늘 무언가를 꿈꾸면서도 행동하지 못했던 지난 시간들
살아가며 숨이 멎는 일이 하나 둘 생기기 시작하면서
내 삶과 정면으로 미주하고 싶어 정신이 번쩍 늘었을 때
붙들고 싶었던 것이 바로 문학의 끈……

문학은 세상과의 호흡이자 정신을 맑게 해준 감로수였다
사람, 사물, 자연을 품어 안은 작은 우주
그래서 시를 사랑하게 되었다

먼길 돌아 달려갔던 '여울' 모임
사랑의 싹을 틔웠던 '책마루' 도서관
겨울바람 붕어빵 냄새가 배었던 책상에서
희망을 건져 올린 작은 울타리
시를 쓴다는 것은 정직한 자신을 풀어놓는 일이다
이제 그 씨앗들을 조심스럽게 심어보려 한다

독자 여러분에게는 실바람으로 다가가는
치유의 언어로 남기를 바라면서
사랑스런 토미타 마키코와 결혼을 앞둔 아들 지율에게
축하와 마음을 전하는 사랑의 편지로

첫시집을 상재합니다

2014년을 기다리는 12월 창가에서
저자 박미랑

■차례■

2부 하누물

그래도 생이디

4부 그래도 생이다

둔탁함에도 맹렬히 이어지고

당당하게 뛰노는 낭만 고양이

손끝의 감각으로 작은 불씨 틔운다

1부

고양이와 뛰노는 기타

猫と遊びまわるギター

「私はロマン猫~
悲しい都市を照らして踊る小さな光~
私はロマン猫~
一人で去ってしまった深くて悲しい私の海よ~」*

数日間ギターの紐によって深く抉れた指
下手な動きにも軽快で悲哀がこもった
歌詞と發現する旋律の
リズムに乗って自ら興じて聲をあげ
和音を逃してジャンジャン~
多様なコードの奏法を威張り
鈍くても猛烈に繋がり
堂々と跳ね回るロマン猫
指先の感覺で小さな火種をおこす

「息子よ！近所の猫全部逃げそうだ。」

嫌いではない清雅な胎動
私の遠目の若き頃の短編が見える

*チェリーフィルターの浪漫ネコから

고양이와 뛰노는 기타

"나는 낭만 고양이~
슬픈 도시를 비춰 춤추는 작은 별빛~
나는 낭만 고양이~
홀로 떠나가 버린 깊고 슬픈 나의 바다여~"*

여러 날 기타 줄에 깊이 패인 손가락
서투른 움직임에도 경쾌한 듯 비애가 담긴
노래가사와 발현하는 선율의
리듬을 타고 절로 흥에 겨워 목청껏
화음을 놓치고는 탕 탕~
다양한 코드 주법 재주를 부리며
둔탁함에도 맹렬히 이어지고
당당하게 뛰노는 낭만 고양이
손끝의 감각으로 작은 불씨 틔운다

"아들아! 동네 고양이 다 도망가겠다"

싫지 않은 청아한 태동
나의 먼발치 젊은 날의 단편을 본다

* '체리필터'의 '낭만 고양이' 중에서

春の名前は花

春は
懐かしさを呼ぶ
花で始まるのかもしれません

何の変哲もなく
静かに
揺れる波になり

残酷に美しい
花になりたいのかもしれません

그래도 생이다

봄의 이름은 꽃

봄은
그리움을 부르는
꽃으로 시작되나 봅니다

그저 그렇게
조용히
일렁이는 물결이 되고

참혹히 아름다운
꽃이 되고 싶은지도 모릅니다

幼年の川

送らなくても
小船のように流れて

自然に押し寄せる
汗臭い記憶

背より先に
心が大きくなってしまった

灰色の時間がたまっている
海風を乗って

ぽっこりへこんだ干潟に
巻き込まれる眩暈

どこかにしばらく
留まっている

日の影が伸びている
幼い頃の記憶

유년의 강

보내지 않아도
조각배처럼 흐르고

저절로 밀려오는
땀내 나는 기억들

키보다 먼저
마음이 커버렸던

잿빛 시간이 고인
해풍을 타고

움푹 패인 갯벌에
말려드는 현기증

어딘가에 잠시
머물고 있을

해 그림자 늘어진
내 어린 날의 기억

條件反射

低く伏せてひりひりする
世の中を覗くと
溫かい血が回っているが

1インチもしくは
2%が惜しい人たちのために
体が疲れるほど働いたことがあるのか
飢えで埋まった頭と太った實存

ふらついて車を　引く人を見つけた
押すほど樂に轉がる車輪
その中には淸い笑みがある
その笑みが私の肩をたたく
心溫まる條件反射
心の關節はまだ
そこまで衰えていないようだ

休む暇なく驅け上がる欲望と不滿に
なれた生を通り過ぎていく風に任せ
痛みも苦痛も音を出さないようにしよう

伝わって動き始めた車輪
感謝と幸せをまぜあわしている

조건반사

낮게 엎드려 아린
세상 속을 들여다보면
따뜻한 피가 도는데

일 인치 아니
2%가 아쉬운 사람들을 위해
몸뚱어리 고달프게 일해 본 적이 있었던가
허장으로 메워진 머리와 비만한 실존

비틀거리며 수레를 끄는 사람을 발견한다
미는 만큼 편히 굴러가는 수레바퀴
그 안에 맑은 웃음이 있다
그 웃음이 내 어깨를 두드린다
훈훈해지는 조건반사
마음의 관절이 아직은
그리 노쇠하지 않았나 보다

쉴 새 없이 치닫던 욕망과 불만에
익숙해진 생을 지나가는 바람에 맡겨야겠다
아픔도 고통도 소리내지 않아야겠다

전해져 움직이는 바빠진 수레바퀴
감사와 행복을 버무리고 있다

初雪

眞っ白な夢の光に
染むときめき

新しい宇宙を開くため
空まで至る時間旅行

初戀のぴりっとする誘惑
初雪

첫눈

하이얀 꿈빛에
묻어 온 설레임

새 우주를 열려고
하늘까지 치닫는 시간여행

첫사랑 짜릿한 유혹
첫 · 눈

愛の波

愛はそうだった

疲れた生に染まり
夢見ることできない無味乾燥な日常
生のかけらを併せ
白く澄んだ感情で
安穏な一日に寄る
私は君になり
君は私になり

五感は波になる

사랑의 물결

사랑은 그랬다

피로한 삶에 물들어
꿈꿀 수 없는 무미건조한 일상
삶의 조각을 아우르고
희맑은 감정으로
안온한 하루를 기대는
나는 네가 되어가고
너는 내가 되어가고

오감은 물결이 된다

光

夏が贈ってくれた緑
うねる音に
耳を開き
新緑に洗われた目と心

風らして明が搖暗を混ぜ
色と木目が異なっても
日光とやさしい木の葉
景色に積み重ねていく宛然としている光

涙になっていく
緑色の光

그래도 생이다

빛

여름이 선물한 초록^{草綠}
넘실거리는 소리로
귀를 열고
신록에 씻긴 눈과 가슴

바람이 흔들어 명암을 섞고
색깔과 결이 달라도
햇빛과 다정한 나뭇잎
풍경에 포개어지는 완연한 빛깔

눈물이 된다
초록빛

結婚についての斷想

―夫婦

拍子とリズムが違いますか。
演奏方が異なると
續いて音同士が衝突し
変奏曲になってしまいます。
聞きよい音樂には
誰もが耳をすましたくなります。

一つの音樂が作られるまで
二人は樂器の彈き方をはじめ
樂譜通りに演奏するように努力するべきです。
音と音がお互いの一部になり
目を見交わしながら
調和のある音がしてからこそ
素敵な音樂になります。

美しさに至るまでたまには混亂であり
演奏をやめたい時もありますが
一つのチームを組んだ二人は
ずれる拍子の中でもめばえる愛を捜し
手が痛くてたこができても
一人のみの音を固執してはいけません。

결혼 단상
– 부부

박자와 리듬이 다르다고요
연주 방식이 다르면
끊임없는 음의 충돌이 일어나고
변주곡이 되고 만답니다
듣기 좋은 음악에는
누구나 귀를 기울이고 싶어하죠

하나의 음악이 만들어지기까지
악기를 다루는 법부터 시작하여
악보대로 연주하기 위해 노력을 기울어야 합니다
음이 음으로 서로의 일부가 되어
친밀한 눈빛 주고받으며
조화로운 소리를 내야 멋진 음악이 됩니다

아름다움에 이르기란 혼란스럽고
그만 두고 싶을 때도 있지만
한 팀을 이룬 두 사람
엇박 속에서도 움트는 사랑을 찾고
손에 통증이 생기고 각질이 박히더라도
혼자만의 소리를 고집하지 말아야합니다

小さな慰み

いるようでいないような
一日を過ごす苦勞で染みつくパートナー
食べかす、目やに、鼻水でさえ
拭くと、自分のもののよう
謙虚に包み込む露を宿す目玉
全ての痛みをかき集めて濡らし、また消してくれる
謙遜で柔順で持つよりもっと大切な
ハンカチは小さな慰み

작은 위안

있는 듯 없는 듯
하루를 여는 수고로 얼룩져 가는 동반자
음식 찌꺼기 눈곱지 콧물까지도
닦아줄 네 몫인 양
겸허하게 담는 이슬 떨군 눈망울
모든 아픔 쓸어모아 적시고 또 지움 주는
겸손하고 유순하여 지님보다 더 귀한
손수건은 작은 위안

詩は私にとって

一点の雲、もしくは
きれいにつくった
澁みのあるガラスの玉

水彩畫の中に靑々と
蠢く松の木
時たま菊の香りが奥ゆかしい
秋の夜に讀む手紙

夕日に染まって息づき
搖れる魂の淸い
ヒマワリ

ざわつく世の中で
色やけしない純粋で
吟ずる言葉

그래도 생이다

시는 나에게

한 점 구름이거나
곱게 빚은
은근한 유리알

수채화 속에 푸르러
꿈틀거리는 소나무
간간이 국화 향기 그윽한
가을밤의 편지

노을에 묻혀 숨쉬고
흔들리는 영혼의 맑은
하늘바라기

술렁이는 세상에
퇴색되지 않은 순수로
읊조리던 말

사는 것이 그렇듯

들락거리는 절망에 희망을 섞어 보려는

하나의 우물

7월 숲에 들면

하늘까지 치닫는 초목
여름 손에 붙들려
그 숲이 되어 보자
숲의 노래로 비 개인 하늘
태양은 태양으로
빈 손
한결같은 무리들 속에서
세상 멀리 떠나온 듯
목적마저 잊은 사색
흔들고 가는 것은 바람일 뿐
방랑을 잠재운 숲이 되자

빗소리

소리를 삼켜버린 숲은 소곤소곤
마른 땅 스며드는 물줄기
느티나무 가로수 뿌리 내린 곳
초록에 눈뜨는 가지마다
꿈빛 젖은 물방울

풀포기 한 줌에도
톡
톡
톡

비룡폭포

깃털 같은 포말 물줄기를 바라봅니다
이무기가 용이 되어 날았다던데
얼마나 큰 용이기에
아직도 홰를 치고 있는 것인지
가까이 다가가니
평생 날기를 소원한 내 뺨을
간지럼 태웁니다

낙하하는 법을 먼저 배워
전설이 되긴 아직 이른
내 파닥거리는 몸짓
그래도 대견스럽다는 듯이
낙하인지 비상인지 모를
내 몸짓과 다르지 않은
비룡은 다시 등을 떠밉니다

시선이 머무는 곳에

살아도 죽은 것처럼
잘려나간 나뭇가지
떨림으로 그대를 심어 버린 가슴
뒷모습만을 눈으로 매만지며

그 시선 뒤에는
한결같이 따뜻한 그대
숨어있었습니다
주저없이 곁에 있어 주어서
눈망울에 감사하게
새겨 넣습니다

쪽빛 지중해

나를 사랑한다던
당신 스러진 달빛으로
휘어진 허리
눕히고 말았나요

숨막힌 달음질
어디설까
지친 고목으로
지중해의 깊고 아득한 곳
그리웠나요

여윈 하늘
무서리 쏟아지고
텅빈 가슴은
바다의 적막함

떠나자 떠나자 하던
당신 나도 데려가지
그리 쉽게 떠나셨나요

비의 저녁

다져지지 않아 무른 땅
빗물에 패일 수밖에 없는 흙의 골
그 위로 예견도 없이
떨어지는 꽃잎 마음에도
쓸데없는 비가 내리고
허물어진 마음을 매만지며
다시 내가 된다

깊은 속삭임

"우리는 믿을 존재가 아닌
사랑해야 할 존재"라고 말씀하신다

진정한 사랑이란
네가 나를 사랑하기 때문이 아니라
그냥 그대로 사랑할 수 있어야 하기에
나누며 안으며 사랑하며
보다 많은 것을 베풀며
감사에 인색하지 않으면
감사에 주리지 않을 우리
산다는 것은 시간이 지날수록
깊은 깨달음으로 일으켜 세우리
풍성한 기쁨으로 얻으리

접속

하늘빛을 닮은 목련꽃
목련꽃을 닮은 하늘빛
계절을 재촉하는 몇 날의 봄비로
맥을 놓아버린 날
내 심장을 슬그머니 끌어다
가지 위에 얹혀놓고 잊으라 하네

어느 날 땅바닥에 무참히
짓이겨진 꽃잎들의 하얀 넋두리
나무 속으로 파고들어
가만 가만 들으라 하네
파르라한 애잔함 뒤로한 채
푸른 자리 만들어
엮어줄 여름, 웃기만 하겠네

긴 장마 · 1

창문을 열어놓은 한밤중
죽비로 쏟아지는 비

뜬눈으로 지새는
응어리진 가슴마다에

균형을 잡으려는
새의 붉은 깃털

한여름 떠나보낸 뒤
씻기워진 세례 같은

그래도 생이다

긴 장마 · 2

저마다 홀로 걷는 길
은밀하게 씻기워진

먹구름 아래 부려놓은
땅의 꿈 이야기

버즘나무에 오른 하늘 물
마른 가슴 흥건하게

반짝 얼굴 내민 햇살
잎사귀 흔들어 눈 맞추고

항구를 기억하며

바다를 품으면
삶의 얼룩이 지워지는 듯
차분해진다

역동적인 항구의 어울림
사람과 배는 한 몸이 되어
만선의 귀항을 소망한다

석양은 바다의 일부가 되어
비장하게 타오르고
해안의 통 큰 거품은
희망으로 부푼다

삶은 마땅히
출렁여야 한다는 것을 기억하며

시간의 갈피

옷을 벗는다
찬바람에 정갈하게 목욕하고
새로운 꿈을 맞이하기 위해
더 넓은 가지를 뻗어 하늘을 받드는
가난한 새들의 마른 쉼터
순명을 받들 줄 아는 나무들은
빛과 어둠의 시간을 가리지 않고
옷을 벗는다

시간의 갈피에
새들도 경건히 말을 아끼는
가을

인연의 자리

길게
아니면 짧게
삶으로부터 빚어진
인연으로 하여금
서투른 사랑을 하고
알 듯 모를 듯
서로를 닮아갑니다

가까이 있을 때
바라보려 하지 않았고
느끼지 못했던
못내 아쉬운 시간만이
돌이킬 수 없는
자리에 있을 뿐입니다
가 닿을 수 없는 후에야

그 따스한 자리

물안개로 오는 아침

태양을 받들던
여름이 꼬리를 감출무렵
잠든 숲에서 내려와
외로움을 토하던 산까치
물안개 짙어지고
날아가는 초가을 아침

인적없는 낚시터
물고기 입 뻐끔도 하지않는
수면 위로 명상을 띄우면
경계 없는 세상에 물빛 평화
마술사가 뿜어내는
하얀 유혹처럼

가슴 부푼 시인은
한 줄
시 속에 든다

하늘바람

나비를 띄워 놓고
새를 더 높이높이 오르게
자취도 없는 힘이어라
나뭇가지 사이로
구름을 수놓는
하늘바람

조각배 일렁이는
살가운 바다 갈매기의 짠내
때론 맹인의 코끝에
꽃향기 한 줌
은근히 전해주는

그러한 자유
날마다

마주하기

글이 미치도록 쓰고 싶어
날밤을 새고 앉아 글을 쓰고
친구를 만나 허기를 나눠 먹고
카페에서 이야기를 마신다
얽힌 문제들로 혼자 영화를 보고
주인공이 되어 같이 울고 웃다
남는 여운에 머리를 반쯤 비운다
찌든 삶에 늘어진 머리칼
싹둑 잘라버리고 싶은 충동에
무겁기 짝이 없는 마음을 털어낸다
나를 찾아, 나와 마주하고 싶은 나

그래도 생이다

구름

다시 볼 수 있을까
고목 옆 언덕 위에 앉았다가
말 수 줄어든 나의 오늘에 앉았다가
떠나는 부드럽고 자유로운 날개

다가오는 것만
사뿐한 것이 아니구나
멀어지면서 사뿐한 뒷모습은
참 쓸쓸한 것이구나

하누물

시든 꽃잎은 더이상
꽂아둘 수 없는 걸 일찍이 알아

축이지 못한 목마름
우물의 깊이는 어디까지인가
결코 과욕은 아니었지
고집스레 버티기는 더더욱 아니었지

꿈의 재료들이 뭉쳐지지 못하고
알갱이가 되어 흩어질 때도
사는 것이 그렇듯
들락거리는 절망에 희망을 섞어 보려는
하나의 우물

목구멍이 포도청이라 했던가
찰랑거릴 때마다
아득히 깊은 곳에서
무엇인가 잃어가는 것만 같은

빛 무리 숨어있을

하 · 누 · 물

낙원은 여기라는데

낙원에서 추방되고부터
평생 돌아오지 않는 위대한 진실
무대를 누비는 지루하고 아름다운 전투
동이 트는 아침에서 침상에 눕기까지
끈질기게 따라붙는 일, 일들
더러는, 시간을 넘겨서도 안되거나
사정거리를 벗어나도 안되거나
삶이 쫓아오고 쫓아가는 일상의 골목마다
와글와글 모두가 그물망

거저먹다 거저먹을 수 없게 된
창궐한 흙가슴이 시키는대로
골똘한 뇌파는 육신의 진액을 짜고
날마다 허물어도 번성하는 어느 꼭짓점에서
습관처럼 운신하는 시간 놀음 속
자잘하고 커다란 수평을 이뤄야한다
이러다가 언제쯤
다시 낙원으로 들 수 있겠는지

옷

처음으로 친근함이 느껴지는
생활한복을 입고 지하철을 탔다
외면할 수 없는 집중된 시선을 두고
꾸밈없는 마음이 걸어 나온다
부끄럽지 않은 신선함이 짜릿하다

옷과 몸은 일체의 연속성을 지닌 유연한 관계
미처 표현하지 못한 예의까지 차려주는
아니면 비위에 거슬리거나 불쾌감을 주는
의무 아닌 의무의 잣대 위에 구김살이 없다

더러는 사람과 동질의 삶을 선택하고
쉽게 뿌리치지 못한다

바람의 말

해 저문 거리
태양을 향한 뒷모습은 서러운 몸짓
가볍고도 무거운 수족을 끌고
자신은 볼 수 없는
천리를 달려온 것만 같다

쉬지 않고 꿈을 불러
매 순간 행복의 문을 두드리는
은빛 날개의 춤사위
사람들의 겨드랑이 사이로
마중 나온 바람의 말

발끝으로 풍경을 잉태한 길모퉁이
지상의 생애는 거룩하다

존재의 의미

서로에게 의미있는 존재가 된다는 것은
내가 그를 위하여 무엇을 하며 살았는가보다
저 너머에 있을 무엇을 위하여 살아가는가보다
단순히 주어진 역할을 날마다 충실하게 해내는 것
삶 밖에서 성취하지 않고 삶 속으로 들어오는
스스로를 돌보며 흐름을 중단 시키지 않는 거라고

마음의 상태가 들어있고 영혼이 들어있는
작은 수첩 속에 촘촘히 적힌 하루 일과를 본다
그 사람이 좋아했던 음악을 듣는 것보다 강하게
여전히 내 안에 빛으로 살고 있는 사람
사랑과 희망을 엮을 수 없는 상실의 기억이
가져다 준 감정과 이성의 충돌은 말한다
무엇을 얻고 무엇을 잃었는가

섬을 쌓은 무게

유배된 적 없는 섬
그예 수수만년의 파도
휘어진 뒷다리로
땅을 버티고
도주마저 쉽지 않다

현기증이 가라앉을 만큼
알약을 삼켜야 하는
붉은 바다
울음기 배어 있는
섬
새들이 날지 않는
수평선 너머로 한사코
교신을 보낸다

사랑은 또 사랑을 낳고

나뭇잎 떨어져 구르는

잔잔한 강가에서 말없이

3부

연어 이야기

연어 이야기

그러나
거슬러 오르는 강
멈출 줄 모르는 아우성
맑은 리듬 속 물살 헤치고
꿈을 먹고 돌아온 이별
아버지 연어의 숨은 손길
깊은 울림에 기대어 웃고
본능에 충실한 애기 연어
오래되지 않은 과거 속
사랑은 또 사랑을 낳고
나뭇잎 떨어져 구르는
잔잔한 강가에서 말없이
눈물겨운 시간을 준비한다

소리

바람몰이의 시작이다

성장통을 앓듯
빠른 몸짓으로
혈관을 팽창 시킨다

존재라서
더 뜨겁게만
밀어 속으로 든다

만질 수 없는 것
들리지 않는 것을 위하여
잠시
눈을 감아도 좋겠다

여름으로 감겨오는
입맞춤에

소금

고등어 등짝에 흩뿌린다

껄끄러움이 녹아내려
짜니까 소금이 아닌
소금이라서 짜야한다
뜨거운 땡볕 온몸으로 불살라
과거를 증발시킨 목마름

하얀 삶과 죽음을 넘나드는
짭잘한 제맛

위안의 서해바다

물의 하늘을 본다
멀리 아스라한 수평선
포구의 배들이
서로 서로 등을 기대면
물끄러미 떨어지는 햇살
손톱만한 조개들 자취를 남기고
파도 따라 쓸려가듯이
지상에 온갖 고민
물결 한 번에 다 지워지고
감미로운 어머니의 품 같은
고백은 모래알 속에 스민다

산을 오르며
– 자살을 꿈꾸는 자에게

생각이 많은 날, 인적 드문 작은 산에 올랐습니다. 멀리서 바라볼 땐 한 걸음에 오를 것 같았는데, 가파를 수록 힘겨운 발걸음을 옮기며 자잘한 풀꽃들과 교감을 나눕니다. 보아주는 사람이 있어 외롭지 않을 것 같다고 말입니다. 굳었던 몸이 유연해질 즈음 이마에선 땀이 흐르고 헛발을 딛지 않으려고 다리에 힘을 줍니다. 새롭게 자라난 나무줄기처럼 손등 위에도 푸른 핏줄이 더욱 하얘진 피부 위에 선명하게 보이듯 길이 뚜렷하게 내려다보입니다.

산이 산으로, 고독하면 고독한 채로 바오밥 나무도 아닌 것들이 때로는 타는 목마름을 견뎌내고, 지난 엄동설한에도 뿌리채 뽑힐 수 없었듯이 계절을 뽐내며 파릇한 생을 담고 있는 나무둥치, 땀을 훔치고 지나가던 바람이 말해줍니다. 모조리 쓸어갈 듯 비를 퍼부어도 조용히 숨쉬고 사람의 발길을 끌어들인 것처럼 절망스러운 희망도 산에 있었습니다.

마치 기다리고 있었다는 듯, 지난밤 어두운 장막 속에서도 무성해진 잡초와 환하게 피어났을 풀꽃처럼 고통만이 전부일거라고 생각하지 않기로 합니다. 젖은 흙냄새, 풀냄새를 따라 아직 발자국이 나지 않은 길을

그래도 생이다

누구의 허락도 없이 조심스럽게 걸어봅니다.

세상만사 바위처럼 들어와 눌러앉은 가슴으로
산을 닮고 싶은 사람
하늘 아래 허락 받지 못한 삶은 없었습니다.

목소리

질기고 긴 슬픔의 본향
어느 우편배달부도 찾지 못하고 돌아가는
사철 비가 그치지 않는 먹구름의 마을

빗소리만이 메아리로 울리는
쓰리고 오랜 귀환의 잠결
내 안의 흉흉한 목소리
물먹은 종잇장처럼 위태로운
잠을 깨우는가
무기력한 그림자의
소매를 다시 잡아끌어도
더 이상 싸우고 싶지 않아

그만 화해하자
그때가 지금이라는 것 너도 알았으면 해
빠꼼히 움트는 내 안에 목소리여

허수아비

불어오는 바람 따라
비가 오면 비를 맞고
어쩌다 천둥번개가 뺨을 때려도
따가운 햇살이 반가워
호화로운 차림새 아니어도 좋아
눈물을 머금어도 좋아
시름을 삼키는 때 있지만
농부의 쓴웃음과 땀방울도 거둬들인
나는 허수아비

꿈의 식탁을 얻기엔
호된 경험이 필요하잖아

회색도시

허깃증에 가만히 들여다본
그에게 회색도시가 있다
안개가 걷힌 후 밝음의 햇빛도
꿈을 보여주지 못한다

햇빛을 만나기 전
이미 젖어버린 언어의
끝을 잡고 세상 문 밖으로
떠밀려간 사람의
약한 심지를 뒤흔들어 놓는다

자기불화와 연민을 떨쳐버리고
바장이는 세상 안으로
다시 들어와야만 한다
꿈이 거기 있다

버려진 우산

태양을 소원하지는 않았다고

여름날
미친 폭풍우처럼
위태롭게 뒤틀린 시간을 견뎌온
믿음이 흐려지고부터
손에 달린 운명은
차갑게 버려진다

긴한 이야기를 주고받던
우산 속
비의 노래로
함께여서 좋았던 날의
무심한 기억의 조각들
정지된 낭만은 곤하다

가슴에 안겨주던 고마움도
까마득한 기억으로 뒹굴고

연인

환하고 아릿한 순수
아침을 여는 햇살같은
작은 떨림

옹기종기 도란도란
피어나는 길목에
앙증맞은 채송화꽃

바람이 불어도
눈 비가 내려도
그냥 그 자리

온통 꽃자리
애써 다가서지 않아도
저만큼에서 다가온 향기

수레바퀴

둥근 이유를 알았네
몸이 정상이 아니면
균형이 깨졌다고 말하는 것처럼
세모 이거나 네모였다면
힘이 한쪽으로만 집중되어
균형이 어긋나
부딪는 접점에서 금이 가고
깨어진다는 것을 알았네

둥근 것이 많은 세상
큰 소리 내지 않고
일정하게 굴러가는 사람들
모두가 둥글다는 진실
그 수레바퀴를 돌리는 힘
중심축에서 나오는 것처럼
세상의 중심은 어떤 까닭이든
잘 굴러가야 하는 이유를 알았네

그래도 생이다

시선詩禪

달갑지 않은 비에
옥상 채소 씨앗에 싹이 나고 있다

길을 걷다가, 어미가 새끼를 부비는
모습을 본다, 생의 외로움을 견디게 하는
하찮게 생각한 일에 시선을 머물게 함은
저처럼 연약한 강아지 홀로 있지 않고
떼지어 흐르는 구름 쉽게 흩어지지 않고
무리지어 나누는 자연스러움임을

혼자 비를 맞으며 걷는 이에게
작은 가슴 넓게 펴고 싶은
내가 시를 쓰는 것은
날마다 흔들리는 시선을 모아
마음 다듬고 싶은 일이다
다듬어진 마음 밭에 싹이 나길
기다리는 일이다

어머니의 강

하늘색 영혼을 갖고 있던 사람
먼지처럼 쌓여버린 우울과
서른 평 남짓한 고독에 갇혀
수문장으로 살아가는 지금
불청객은 침입자가 된다
매일을 서성이던 창문 밖의 계절은
변덕스러운 얼굴로 다가와 손짓할 뿐
짐짓 환한 기억을 더듬는
웃음마저도 불안한 날에
레테의 강물을 마시게 하고 싶다

그래도 생이다

숨결

거칠고도 투명한 고락
설령 그것이 당신의 것이었다고 해도
되돌아가지 아니한
얼떨결에 갈라진 가슴 사이로 스며들어
파종을 멈추지 않습니다
마치, 그것이 전부인양

당신이 허락한 길

자신의 뜻대로 가르침을 받은
초라하고 밋밋한 하루
그래도 뜨거워

마치 기도를 드리듯
손끝 침묵으로
길을 간다

떠밀려온 불안과 반항
다시 쓴 편지를 받고
싶었는지

첫 편지를 읽는
과거가 된 지금
능력을 뛰어넘으려 했을 뿐

아직도 봄길은 겨울이고
희롱하는 세상에 젊음은
피血고, 죄罪다

백담사 가는 길

늘 그렇듯
산사로 가는 길은
마음이 먼저 말끔해 진다
만나고 갈라지기를 거듭하는
물길을 따라 버스는
가파를 것도 없는
좁은 길을 오르고 오른다
이름만으로 동하여 찾아 나섰던
사찰은 언제부터
무엇으로부터 유명有名을 달리한
이유를 알 것 같다

독경소리 마저도 숨죽여
신선이라도 금새 뛰어 나올 사방에
병풍을 두른 풍광과 산세
하늘의 산이
하늘의 물이
끝과 끝이 맞닿은 곳
원시의 모습이 그러했으리

정수리를 찌르는 정기
깨치는 물빛 산빛
그리하여 수년 전 어떤이는
왔다가 머리를 깎고
세월을 풍미하였구나
숲에 이는 원망을 삼켜버렸구나

묵념이라도 해야 할 것만 같은
하늘은
여전히 무심하고
백담사로 가는 길은 멀다

자연을 걷다

스모그 속에 고통받는
도시인의 둥지를
널찍한 품으로 담아낸다
바스락거리는 자연
파란 하늘이 술렁이는 공간
구김살 없는 햇빛
온갖 군영은 감성의 온천
색깔과 향기의 교향악 꽃들
웅크린 영혼을 감싸는
자연 속으로 걸어간다

매미울음

한번도
소리 내어 울지 못한 긴긴 날을
구성지게 풀어 놓는다

나무들은 진지하게 경청하고
시간이 익어가는 길목에

여름꽃 미소
가득하다

붉은 노을

가끔씩
그리운 것들이 변하여
열병 같은 잔해가 남았을까

정점에서
붉게 아니 까맣게
타들어 가고 있는지도 모른다

살아서
꿈틀대는 가슴벽에도
피 같은 노을이 번진다

기다린다는 것은

딱히 볼 것도 없는 텔레비전 채널을 돌리듯
가끔은 권태로운 시간을 맞습니다
천변을 거닐어도 좋고 책을 읽어도 좋을 법 한데
그것마저 지루함으로 느껴질 때가 있습니다
모든 것이 다 싫고 싫어서 무기력해지는 생의 막연
한 거리
의미도 모르는 바깥에서 그저 바라보기만 할 뿐
하루의 또 하루 공허한 일상은 없어진 그 나머지까
지도
영혼 속에서 울려나오는 문장이 아닌 것
의식적으로 없애고 싶은 그것 또한 지루하게
밀려왔다 어느 순간 흔적도 없이 사라지고 말 것입
니다

스스로 동참하지 못하는 삶에 파고드는 단조로움,
갈등
절박하게 불행하지만 않다면 뒤로 물러서서
삶 자체를 그냥 내버려 두어도 좋을 것 같습니다

회고

폐부 깊숙이 저며든 후에야
또렷하게 안겨오는 의식
온기를 느끼지 못했던 옛적 어느 숨에
냉기가 이리도 차거울 줄이야

되감기는 회로의 삐걱거림을
반질반질하게 닦아 내는 일
냉기를 만나고서야 온기를 고마워하고
스스로 돌아가지 못하는 길일 줄이야

그래도 생이다

찬비

하루종일 마음 졸이던 일을 끝내고
우산도 없이 비를 만났다
목덜미에 오싹한 감촉을 안기고
노곤한 육신의 호흡 속으로
바람과 함께 스며든다
낙엽이 비에 쓸려
축제의 뒷마당처럼 어수선한 거리
망아에 놓여있던 나를 깨우려
애써 생각하는 귀갓길
늘 그렇듯 결핍의 단어가
마음 한 귀퉁이 적시고 있다

0시

살아있는
시간의 허용
날카로운 오늘이 있다

생이라는
고통에 서서히 무뎌질 즈음
더이상 버겁지 않은
끝과 시작

0시
평범한 내일 속에
호흡은 가장 길고도 깊다

눈꽃

보아라, 눈 오는 거리에서
신의 오묘한 조화가
저토록 바람에 안기는 것을

아득한 하늘 끝에서 쏟아지는 피날레
촉촉이 머리칼을 적시고
고갈된 심상 위에 통렬히 산화하는 것을

강가 나룻배 위로
산짐승의 등 위로 하얗게 부서질
부드럽고 부드러운 눈꽃송이를

한낱 먼지와 같을 뿐인데
어느 이름 모를 유랑자에게
가난한 꿈을 심어주는 꽃이 되리니

감기

마디마디 파고들어 아픈
삶의 면역을 키워가는 나이
암초와 부딪혀도 끄떡없던 몸
부딪힌 자리에 기를 쓰고 들어앉은 감기
독한 약에도 주춤할 뿐 반응이 없다
몸 속 공기를 훑어내 다 뱉고나면
몽롱해진 눈자위로 눈물이 흐른다
정작 헛기침이 필요할 때
키워놓은 면역을 갉아먹고 정신마저 흔든다
그 연결 통로를 차단하려는 나는
의사의 외출금지령을 무시한다
소멸은 회복이다

동백유정

송이송이 떨어진
동백꽃잎 물결

시리도록 현란한
아름다움 속에

님의 마음
묻어둔 깊은 가슴

추적추적
빗길에 여운 남기면

처연한 동박새
네가 그립구나

시시때때로 마음 닦달하지 않아도

어둠 그늘 걷어낸

새벽은 밝아 올 것이고

4부

그래도 생이다

인사동의 밤

후미진 골목의 말[言]
탁사발에 풍류가 고여
술이 달고
살내음의 정취를 담아
예술가들의 향기로
오랜 전통과 신화로 익어간다

사색의 침전물[水]
때로는 인생과 눈물이 고인 곳
완성의 미완성이 남아
불현듯 오늘
차디찬 달빛에 묻힌
영혼의 뒤척임을 듣는다

그래도 생이다

물소리 맑아가는

계절을 닮아 목소리 낮추고
오만을 줄여가는 삶의 들판과
짧은 이야기 나누던 가을 해

병충해를 끄덕없이 이겨낸
벼 포기를 바라보는 농부의 싱싱한 웃음
소박한 소망은 젖은 흙속에서
단단히 익어가고 있습니다

낙엽소리 물소리 흔들리는 밤
시인은 흔들리는 내면을 풀어
이야기를 합니다

조화로운 삶

누군가 물었다
어디로 향하고 있느냐
젖비린내 사라질 무렵
약속으로 세수하고
바람 따라 나선다

흔들려도 좋을 비명
때로는 마주서고
때로는 어긋나는
다른 얼굴 다른 모습
삶의 나무 위로 무성하다

나이를 먹는다는 것은

나이를 먹는다는 것은
무조건적인 품위도 아니고
그렇다고 달게 웃을 수 있는
농담일 수도 없다
손을 꼭 쥐던 욕심도
처연하게 잊혀져 가고
쓰게 웃던 한숨도
타인을 아프게 바라보는 마음으로 변하고
애면글면 부둥켜안던 사랑도
품 안에서 멀리 떠나보내는 것처럼
사무치던 한생
모든 적의마저 태워버리고 사는
초연한 일인지도

거미

눈을 감고서도 보여 흔들리는 집
살찐 거미가 산다
포위망만이 그의 세상
그 촘촘한 줄을 타고
먹이가 걸리기를 기다린다
재수없이 한 뼘의 차이로 걸려든 먹이
계산된 거미줄을 타고 몸부림을 치다가
행여 눈치챌새라
허기진 거미는 재빠르게 삼킨다
이를 지켜보고 있는 눈길엔
또 어느 놈이 걸려들 것인가
사뭇 궁금하기까지 하다만
기어이 저 거미줄을 걷어내고파
심술이 난다
이미 몸집이 굵을대로 굵은
배를 채우며 사는 너를 언제까지나
내버려 둘 수는 없지 않으가 말이다
너무 높아 어이 할꼬
빛으로 개종한 나무와 나뭇가지 사이를 두고
내 마음에 땅거미가 깔린다

두꺼비

근육이 셀 수 없이 많다는 얼굴엔
자신도 모르는 사이 낙서처럼

두꺼비도
원숭이 동창생도
상관없는 건 아니지
모양 만들기
남 주지 않아
그려 넣은
빗 · 살 · 무 · 늬
내 것이란 걸

흔적은 그리 쉽게
지울 수 있는 것이 아니니까

실종

앗아가듯 쏟아져 내리는 폭우
흐려진 생을 씻기고 있다
숱한 인기척에도 꿈쩍 않던
가로수길 비둘기들이 보이지 않는다
먹이를 찾아 낮게낮게 부착하여
해져버린 꼬리는 말아올리고
어디서 깃털을 털고 있으려나
이렇듯 갈 곳 몰라하는 시선
말릴 수 없는 가슴이 쓰라리다
살내음이 살아있는 지붕
차가운 능선으로 흐르고
앞뒤 분간할 수 없는 거리
마디마디 비를 타고 내린다

수신 불명

침묵으로 가르쳐 주는 길이 있다기에
마음이 먼저 재촉하는 버스를 타고
집에서 떨어진 한적한 공원을 거닐었어
생명의 축포가 터지던 날이 엊그제 같은데
땅에 떨어진 나뭇잎의 신음이 들리는 것만 같아
조심스레 걸음을 옮겨가며 사진을 찍었어
나를 의식한 영혼을 만났던거야
언제까지 어눌한 몸짓으로 살아갈테지만
갑자기 한기가 느껴졌어
움켜쥐지 않아도 빠져나가고
잡으려하지 않아도 멀어져가는 이치를 알아버린
두려움 일지도 몰라
"구름처럼 물처럼 다 흘러가는 것이야"
그것은 곧 나무의 독백이었어
그리운 웃음 한 모금 따스한 차 한잔에 적시고
돌아오는 길은 체념보다 강한 사랑이었나봐

짜장면 배달

숨 고를 틈 없는 독촉전화
저항이 없어야 한다
어림없는 조준
총알보다 급한 놈은
본능만이 살길이다

지구야 돌아라
팽팽 팽이처럼
시간이 잡고
뛰는 용사
계단을 오르락내리락
엘리베이터가 빠를까
그대들은 알고 있다
강한 골조만이 살길이다

별거

검버섯 핀 하루가 눅눅하다
늘어진 시간은 하품보다 길고
괴괴한 기억에 묶여
별 진전 없는 감정으로 걸어 나온다
낮설기 짝이 없는 옆 사람
탐색이 스스로를 곤혹에 빠뜨려
동거를 하면서도 별거 속에 든다

그래도 생이다

봄앓이

무르익기도 전
꺾일 것을 염려하는
어지러운 머릿속
변주를 꿈꾸는 빛
봄이 오고 있다

봄앓이 처처에
서툴게 제 몫을 살 뿐이지만
미지의 세상을 뒤흔들
주문에 걸리기라도 한 것처럼
보란듯 터지는 꽃망울

살아내는 것은
다 꽃다운 것이다

별거와 동거하다

쾨쾨 묵은 과거 속에 흘러든
눈물의 강
어머니의 가슴을 휘서어 놓고
한데 들여놓고 싶지않은
마음방
한쪽을 차지하고
밖으로 나가지 않는다

내보낼 수 있으면 좋으련만
열리지 않는 문
아니, 아니
떠나보내지 못해
진정으로 들어앉은 동거

주인된 동거는
몹시 답답하고 외로울 때가 있는
별거이기도 하다

그래도 생이다

실상은 자리를 따로하고 있지만
동거보다 더 끈끈한 별거
그러나
시작과 끝은
별거가 아닌 동거에서
안으로 안으로
스며들기 위한 몸부림이다

나비 사선에 들다

무거운 비가 내린다
젖은 바람에 젖어 오래오래 떠돌다
이기지 못한 몸을 맡겨
광폭한 지하도 숨쉴 곳 찾아온
늦은 밤의 사선

버거운 걸음 반쯤 누이고
두려운 숨을 몰아쉬던 찰나
날개 위로 덮치던 어둠이여
절망이 절망으로 밟힌
몸을 가눌 수 없는
평안, 거기

그래도 생이다

우화

하늘은 비를 모를리 없고
비는 하늘을 모를리 없듯
폭우 속에도 쉼표는 숨어 있다

비가 하늘을 말하는 동안
떠받치고 있던 잎사귀
귀가 잘리듯 찢어져도
꽃은 말이 없다

비의 하늘을
함부로 말하지 마라

봄의 울림

홀연히 훈훈한 숨결
번져오는 마음 속
잔잔하고 그윽한
향기로 다가서네

섬세하고 꼼꼼한 손길
땅을 어루만지면
품었던 아픔 담담히 감싸고
생명의 노래 부르네

뜨거운 삶의 열망
잠들었던 영혼
봄을 안고 춤을 추면
진솔한 격려
아름답고 애틋하네

그래도 생이다

봄을 기다리며

어쩌나
끊임없는 집념으로
가슴에 박힌 옹이를 풀며
따뜻한 불을 지피고
이제 막 채색을 시작하겠지

열린 창틈 흘러 들어오는 아침 햇살에 비추어
색 바래고 주름진 야윈 손이 그린
생의 문장 속의 변색된 삽화
조연으로 살아온 날들
4B연필의 몽당 길이만큼 남은 생

햇볕 한껏 핏줄로 밀려들어와
연필을 다시 잡은 손
문장이 끝나지 않았듯
삽화도 끝나지 않았기에
유감스럽지만은 않은
어느 날 아침

설렌다, 아직은 이른 봄

철쭉꽃

소리도 없이
뜨거운 숨결 밀려와
시작 된 사랑의 발돋움
발그레 살빛 고운 얼굴 맞대어
가슴속 저릿저릿함 건네주던 화안한 웃음
마주하던 세상도 한때
하얗게 사위어만 가는데
하얗게

까맣게 잊으라
살천스레 떠나는
헤어짐은 못내 아쉽고
덜컥 안겨준 그리운 조각들만 만지작거려
기어이 다시 온다는 향기
뒷모습은 아무 일 없는 듯 언젠가
다시 듣게 될 뜨거운 고백
차라리, 사랑은
기다림인 것을…

그래도 생이다

꽃잠

봄 꽃잎을 틔우려
나무를 재촉하며 안으로만 젖어드는 빗방울
나무는 등뼈가 뻐근할수록
온몸을 세워 숨구멍을 연다

고요가 깊은 초저녁
바람은 비를 버무려 연신 창문에 덧칠을 하고
창문은 낮은 곳으로 흘러가려는
빗줄기를 가슴으로 받아낸다

눈을 뜨고 눈을 감아도
천장 가득히 퍼지는 물무늬
이윽고 머릿속 둥근 집으로 혼곤히 차오른
빠져나올 수 없는 잠을 부른다

내일을 위한
지층 속의 말들이 간결하다

양말

하루해가 빛을 잃어 갈 즈음 문을 열고 들어와 신발을 벗자

양말이 몸무게에 눌려 아픈 행보에 하소언이라도 하는 듯

기죽은 모양으로 일그러져 있다

이게 뭐람, 뻥 뚫린 구멍이라니!

다행히 신발을 벗을 일이 없었기 망정이지 민망한 꼴을 어떡할 뻔 했는가

순간 자신을 다독이는 일보다 먼저 생각을 바꾸자

으레 신고 벗던 질긴 인연에 노동의 위로가 필요했다

매임에 순복하고 새날을 위해 언제나 지고지순한 순애보를 보여준 양말에게

미안하고 고맙다는 말을 건네 본다

소리 없는 아픔이 뚫려버린 구멍의 틈새로 쏟아진다

칭찬은 아니어도 좋다고

그렇게라도 일탈을 꿈꾸고 있다고…

그래도 생이다

명자꽃

4월, 어느 날
파릇한 잎새를 닮은 봄비
명자꽃잎을 훔치고 있다
하루치의 젖은 마음 닦을
아침을 걷는 우산 속 사람들
뒷모습은 바쁘지만
나뭇잎보다 싱싱한 남자의 얼굴
어디선가 바람을 타고 온
보리, 푸른 냄새가 파르르 끼친다

5월 아침고요수목원

푸르름으로 출렁이는 기적같은 생명의 축제

새의 숨결에도 움터오는 연초록 나뭇잎새늘

잔잔한 개울물에 얼굴을 씻고 미소를 삼킨 햇살

마음껏 5월을 흔들어 대는 자연의 향연

그래도 생이다

아버지의 등

셈할 수 없는 세월의 무게
어깨 위로 앉았을까
가볍지 못한 행보가
바지 자락에 끌린다

성냄도 탐욕도
머물다 떠난 자리
과장된 몸짓이 멋쩍기만 하고
주름처럼 흘러간 강물
흐르기만 해도 지혜롭다

꺾인 길처럼 휘어진 등
여린 한숨소리 흘러내리고
자전거 페달을 밟는 두 다리
고목의 뿌리처럼 위태롭다

자식에게 들려주고픈 이야기가 있다면

직선이 곡선이고 싶을 때
곡선은 직선이고 싶을 때
알 것 같기도 한
모르는, 그처럼 알쏭달쏭한 삶

눈으로 보고 손으로 그리지만 마음도 함께 그려가고
있는 그림도 마찬가지란 걸. 마음만으로 보이지 않는
것을 눈으로 보아야 하고 눈으로 볼 수 없는 것을 마음
으로 보아야 할 필요도 있단다. 그림을 그리려면 빈 도
화지 위에 구도를 먼저 잡고 쓱쓱 싹싹 윤곽을 그려넣
고, 스케치에 맞게 색칠을 하고 그림을 완성해 나가는
과정을 거치게 되지.

잘못된 것은 지우기도 하고 다시 처음부터 시작할
수도 있지만 방법은 선택이고, 무한정 지체해서도 안
되는 것이 원칙이라면 잘 안된다고 중도에 포기할 수
도 없을뿐더러, 포기하면 안되는 거라서 기왕이면 누
가 보더라도 칭찬 받을만한 그림을 잘 그릴 수 있으면
더욱 좋겠다는 생각이 든단다.

그래도 생이다

또, 겨울이 지나면 봄이 예비되어 있음으로 해서 사람들은 겨울을 싫어하지만은 않는단다. 그래서인지 자연의 이치는 인생과도 많이 닮았지. 산과 바다, 물과 불, 달과 태양 등 어울리지 않으면서 잘 어울리는 것들, 비포장 길 위에서 모두를 노래삼아 길을 만들 수밖에 없는 울고 웃는 자유롭지 못한 자유.

좌도 우도 아닌
평형의 기쁨을 누리며
삶의 비밀을 지혜롭게 풀어나가기를
다만 바랄 뿐이란다

그것은 참다운 기적이 될 수도 있단다

LE PENSEVR
DE RODIN OFFERT
PAR SOVSCRIPTION
PVBLIQVE AV PEVPLE
DE PARIS MCMVI

그래도 생生이다

잎새들을 깨우는 바람에
나무의 시간을 들여다보는 봄 밤
생에 이르지 못하고 한 둘 떨어져
힘 없이 나뒹구는 게 있는가 하면
마른 가지 끝에도 숨을 채우는 부지런함이 있다
별은 그저 깜박 깜박
수액을 뽑아 올리는
본능에 충실한 나무는 잠잠히
사계절을 묻지 않는다
시시때때로 마음 닦달하지 않아도
어둠 그늘 걷어낸
새벽은 밝아 올 것이고
흙향기 날리는 바람길
들숨 날숨 고르며
뿌리 흔들리지 않으리

유배된 적 없는 섬

그예 수수만년의 파도

휘어진 뒷다리로 땅을 버티고

도주마저 쉽지 않다

생生과 존재의 인식 그 지향성

– 박미량의 시 세계

김 송 배 시인

생生과 존재의 인식 그 지향성
– 박미량의 시 세계

김 송 배(시인, 한국문인협회 부이사장)

1.

우리 인간들은 자신의 존재를 인식하기 위해서 다양한 행위를 사유思惟하면서 회상하거나 반추反芻하게 된다. 거기에는 생존과 직결된 오욕五慾과 칠정七情이 동반하게 되는데 이 정한情恨의 문제가 바로 존재의 인식을 통해서 새로운 자아自我의 발견과 또 다른 성취成就를 위한 지향적인 사유로 변환하게 된다.

우리가 잘 아는 바와 같이 칠정 중에서 애哀와 애愛에 관한 문제가 우리의 생존에서 중요한 지표가 되어 지나온 과거의 상상력 재생에서 창조적으로 전환하는 계기가 되어 작품에 이미지나 주제로 투영되는 경우가

현대시의 경향에서 발견되고 있는데 이는 이러한 삶의 궤적軌跡을 통해서 창출된 체험의 결과로서 그 시인의 인생관과 가치관의 원류로 형상화하고 있는 것이다.

이러한 심리적인 양상樣相이 우리 문학의 이미지와 융합融合할 때 비로소 한 편의 작품으로 형상화하거나 정서의 확고한 중심축으로 승화하는 단계가 되는 것은 당연한 귀결이다. 일찍이 안병욱 철학자는 그의 글 「인생을 말한다」에서 "인생은 예술 이상의 예술이다. 우리는 저마다 자기의 인생을 조각하는 생의 예술가다. 우리 앞에는 생의 대리석이 놓여 있다. 그것은 하나의 풍성한 가능성의 세계. 이 가능성은 성실한 빛의 생애로 아로새겨질 수도 있고 치욕의 어두운 생애로 형성되는 수도 있다. 이 가능성에다가 어떠한 내용의 현실성을 부여하느냐, 그것은 각자가 스스로 결정할 문제다. 우리는 저마다 자기 인생의 주인이다."라는 말로 인생을 논하고 있다.

여기 박미량 시집 『그래도 생生이다』를 일별하면서 인생론이 좀 길어졌지만 박미량 시인이 탐색하는 인생, 즉 존재의 의미나 인식된 지향점은 이러한 체험 속에서 정돈된 그의 철학이 시적인 진실로 형상화하는 노정路程으로서 충분한 가치를 획득하고 있다는 점을 간과看過할 수 없기 때문이다.

> 잎새들을 깨우는 바람에
> 나무의 시간을 들여다보는 봄 밤

생에 이르지 못하고 한 둘 떨어져
힘 없이 나뒹구는 게 있는가 하면
마른 가지 끝에도 숨을 채우는 부지런함이 있다
별은 그저 깜박 깜박
수액을 뽑아 올리는
본능에 충실한 나무는 잠잠히
사계절을 묻지 않는다
시시때때로 마음 닦달하지 않아도
어둠 그늘 걷어낸
새벽은 밝아 올 것이고
흙향기 날리는 바람길
들숨 날숨 고르며
뿌리 흔들리지 않으리
　　　　　　　　－「그래도 생(生)이다」 전문

　　그렇다. 박미량 시인은 전술前述한 칠정 중에서도 노怒에 해당하는 갈등의 요소들을 화해하려는 심저心底가 깊이 침잠沈潛되어 있음을 알 수 있다. 그는 "생에 이르지 못하고 한 둘 떨어져 / 힘 없이 나뒹구는 게 있는가 하면 / 마른 가지 끝에도 숨을 채우는 부지런함이 있다"는 내면에서 분출한 진정한 의식의 발양이 곧 작품으로 형상화하고 있다.

　　그는 다시 "본능에 충실한 나무는 잠잠히 / 사계절을 묻지 않는다"는 어조語調(tone)는 바로 그가 '그래도 생生이다'라고 단정할 수 있는 사유의 근원이 되고 있는 것이다.

　　여기에서 그가 지향하는 인식의 범주範疇는 생과 상관하는 다양한 현실적인 문제들이 "흙향기 날리는 바

람길 / 들숨 날숨 고르며 / 뿌리 흔들지 않으리"라는 중
대한 결론으로 작품의 주제를 유로流路하고 있다.

그는 작품 「0시」에서도 "살아있는 / 시간의 허용 /
날카로운 오늘이 있다"라거나 "생이라는 / 고통에 서
서히 무뎌질 즈음 / 더이상 버겁지 않은 / 끝과 시작"이
라는 어조에 이해할 수 있듯이 '살아있는 / 시간'의 이
미지는 바로 그가 존재의 인식이라는 대범大凡한 시적
정황情況(situation)에서 궁극적으로 탐구해야 할 인생
관의 정립임을 이해하게 된다.

2.

박미량 시인에게서 다시 이해할 수 있는 것은 도시
와 농촌에서 상반된 이미지를 통해서 생生과 연관하는
작품을 읽을 수 있다는 점이다. 그는 '회색 도시'를 통
해서 생성한 '이미 젖어버린 언어'가 적시摘示하는 메
시지는 '허깃증'에 있으며 반대로 농촌의 이미지는 잔
잔한 정서의 안정을 읽을 수가 있다.

> 허깃증에 가만히 들여다본
> 그에게 회색도시가 있다
> 안개가 걷힌 후 밝음의 햇빛도
> 꿈을 보여주지 못한다
>
> 햇빛을 만나기 전
> 이미 젖어버린 언어의

끝을 잡고 세상 문 밖으로
떠밀려간 사람의
약한 심지를 뒤흔들어 놓는다

자기불화와 연민을 떨쳐버리고
바장이는 세상 안으로
다시 들어와야만 한다
꿈이 거기 있다

- 「회색도시」 전문

보라. 박미량 시인은 '자기 불화와 연민'을 '회색도
시'에서 고뇌하고 있다. 이러한 고뇌와 갈등은 현대 문
명의 다원화의 영향으로 복합적으로 발전함으로써 야
기된 이기주의의 병폐가 노출된 현실에 대한 그의 지
적인 혜안慧眼에서 생성한 진실이다.

일찍이 대문호 톨스토이는 "사람들 틈에 끼어 시달
리면서 현세적現世的인 목적을 위하여 살고 있는 자에게
는 편안함이 없다. 또 혼자서 고독하게 정신적 목적만
을 위하여 사는 자에게도 편안함은 있을 수 없다"고 했
다. 이와 같이 우리는 "안개가 걷힌 후 밝음의 햇빛도 /
꿈을 보여주지 못"하거나 "세상 문 밖으로 / 떠밀려간
사람의 / 약한 심지를 뒤흔들어 놓"치만 그는 "바장이
는 세상 안으로 / 다시 들어와야만 한다 / 꿈이 거기 있
다"고 절규하고 있다.

계절을 닮아 목소리 낮추고
오만을 줄여가는 삶의 들판과
짧은 이야기 나누던 가을 해

병충해를 끄덕없이 이겨낸
　　벼 포기를 바라보는 농부의 싱싱한 웃음
　　소박한 소망은 젖은 흙속에서
　　단단히 익어가고 있습니다

　　낙엽소리 물소리 흔들리는 밤
　　시인은 흔들리는 내면을 풀어
　　이야기를 합니다
　　　　　　　　– 「물소리 맑아가는」 전문

　　여기에 적시하는 농촌의 아늑하고 고즈넉한 정경에
서는 무엇을 음미吟味할 수있는가. '오만을 줄여가는 삶
의 들판'이며 '병충해를 끄덕없이 이겨낸 / 벼 포기를
바라보는 농부의 싱싱한 웃음'이다.

　　이 얼마나 사랑과 행복이 넘치는 시적 정황인가. 이
'소박한 소망은 젖은 흙 속에서 / 단단히 익어가고 있'
는 것이다. 또한 그는 여기에서 결론적으로 제시한 주
제가 바로 "낙엽소리 물소리 흔들리는 밤 / 시인은 흔
들리는 내면을 풀어 / 이야기를 합니다"라는 어조로
'물소리 맑아가는' 밤을 형상화하고 있어서 우리들의
공감영역을 확대하고 있다.

　　박미량 시인은 이처럼 도시와 농촌에서 양면성의 주
제를 발견하게 되는데 이러한 정황이나 이미지 혹은
주제의 투영은 그가 생生이라는 근원에서 실제로 체험
했거나 체험에 의해서 유추類推하는 상상의 세계일지라
도 시적 진실을 지향하는 그의 인생학이라고 할 수 있

다.

　그는 다시 이러한 작품 「허수아비」에서도 "눈물을 머금어도 좋아 / 시름을 삼키는 때 있지만 / 농부의 쓴 웃음과 땀방울도 거둬들인 / 나는 허수아비"라고 '농부의' 애환을 이미지화해서 그가 전원적인 정서를 도시와 비추어서 진실을 구현하려는 시법詩法을 이해하게 한다.

3.

　박미량 시인에게는 다시 현실적인 위기의식에 대응하는 그의 사유의 진폭을 엿볼 수 있는데 현실적인 갈등에 저항하는 메시지가 작품으로 승화하고 있어서 이는 그가 지향하는 존재의 의미와 가치관에서 상당한 괴리감乖離感이 형상화하고 있다는 점을 이해할 수 있다.

　　여름날
　　미친 폭풍우처럼
　　위태롭게 뒤틀린 시간을 견뎌온
　　믿음이 흐려지고부터
　　손에 달린 운명은
　　차갑게 버려진다

　　긴한 이야기를 주고받던
　　우산 속

비의 노래로
함께여서 좋았던 날의
무심한 기억의 조각들
정지된 낭만은 곤하다

-「버려진 우산」 중에서

　그는 대체로 이 '버려진 우산'을 통해서 조망하거나
투영하려는 이미지는 갈등 요소들에 대한 융합이나 화
해의 조화를 염원하고 있다. 그러나 '미친 폭풍우'와
'위태롭게 뒤틀린 시간' 등으로 '믿음이 흐려지고' 있
어서 불신의 시대, 혹은 불명不明의 혼돈과 대치하면서
생生에 대한 진실을 시적으로 호소하고 있다고 할 수
있다.

　여기에서 '비의 노래'와 '버려진 우산'의 상관성은
시적 정황으로 보아서 상당한 고뇌의 흔적을 읽을 수
있으며 그는 다시 '무심한 기억들'과 '정지된 낭만'을
결부시키면서 미확인의 현실들과의 진실을 탐색하려
는 그의 정서의 중심축이 지향하는 존재의 인식이 적
나라赤裸裸하게 적시되고 있다.

유배된 적 없는 섬
그예 수수만년의 파도
휘어진 뒷다리로
땅을 버티고
도주마저 쉽지 않다

현기증이 가라앉을 만큼
알약을 삼켜야 하는
붉은 바다

울음기 배어 있는
섬
새들이 날지 않는
수평선 너머로 한사코
교신을 보낸다
- 「섬을 쌓은 무게」 전문

박미량 시인은 이 '유배된 적 없는 섬'에서도 '울음기 배어 있는 / 섬'이나 '붉은 바다' 등에서 감지할 수 있는 시적 정황과 이미지는 그가 보편적으로 응시凝視하거나 조망眺望한 현실 생활(real life)에서 그가 추구하려는 이상 세계의 고차원적인 인생관에서 획득한 진실을 탐색하는 무명無明의 세계 '새들이 날지 않는 / 수평선 너머로 한사코 / 교신을 보낸다'는 의식의 흐름(stream of consciousness)을 이해할 수 있다.

그는 작품 「회고」에서도 "폐부 깊숙이 저며든 후에야 / 또렷하게 안겨오는 의식 / 온기를 느끼지 못했던 옛적 어느 숨에 / 냉기가 이리도 차거울 줄이야"라는 인식을 절감切感하게 된다. 이러한 그의 의식에는 생生과의 상생相生을 위한 하나의 심리적인 지향성으로서 그가 여망輿望하거나 희구希求하는 진실을 위한 내적인 발양發揚임을 알 수 있다.

또한 그는 이 작품의 결론에서 "되감기는 회로의 삐걱거림을 / 반질반질하게 닦아내는 일 / 냉기를 만나고서야 온기를 고마워하고 / 스스로 돌아가지 못하는 길일 줄이야"라는 어조에서 우리는 그의 진정한 성찰의 의미도 읽을 수 있게 한다.

박미량 시인에게서의 위기의식은 작품 「아버지의 등」에서도 짐작할 수 있다.

성냄도 탐욕도
머물다 떠난 자리
과장된 몸짓이 멋쩍기만 하고
주름처럼 흘러간 강물
흐르기만 해도 지혜롭다

꺾인 길처럼 휘어진 등
여린 한숨소리 흘러내리고
자전거 페달을 밟는 두 다리
고목의 뿌리처럼 위태롭다

그렇다. 그는 '아버지'라는 화자話者(persona)를 통해서 자신의 시적 의지意志와 대입시킨 지혜('흐르기만 해도 지혜롭다')가 어느 날 '고목의 뿌리처럼 위태롭다'는 인식 단정에 이르게 된다.

이러한 위기의식은 바로 그가 구현하려는 생生에서 다양한 현실적인 외적 요인이 있음을 인식하고 이를 극복하면서 융합하거나 화해하려는 조화의 의식으로 전환하고 있는 것이다. '아버지'의 '과장된 몸짓'이나 '주름처럼 흘러간 강물' 등은 지혜롭기만 하였으나 '꺾인 길처럼 휘어진 등'의 현실성에서 상기想起하는 그의 인식은 존재라는 거대한 방식에서 추출하는 위태로움이다.

이것들은 '셈할 수 없는 세월의 무게'라는 어쩔 수

없이 수용해야하는 순리順理가 '아버지의 등'에서 다시 재생하는 상상력으로 형상화하고 있음을 이해가게 된다. 그는 '존재라서 / 더 뜨겁게만 / 밀어 속으로 든다 (「소리」 중에서)' 는 어조에서도 그가 우리가 미처 지각하지 못한 존재의 문제를 심도深度 있게 탐색하는 그의 진실을 알 수 있다.

4.

박미량 시인은 서정 시인이다. 그의 서정성은 우선 자연에서 출발한다. 자연 서정은 누구에게서나 발흥發興할 수 있지만, 시인의 시각적 이미지에서는 약간 특이한 점도 감지하게 되는데 이는 외적인 사물 이미지가 그 시인의 정감情感과 일치할 때 발상하는 시적으로 중요한 한 형태를 가지게 된다.

> 보아라, 눈 오는 거리에서
> 신의 오묘한 조화가
> 저토록 바람에 안기는 것을
>
> 아득한 하늘 끝에서 쏟아지는 피날레
> 촉촉이 머리칼을 적시고
> 고갈된 심상 위에 통렬히 산화하는 것을
>
> 강가 나룻배 위로
> 산짐승의 등 위로 하얗게 부서질
> 부드럽고 부드러운 눈꽃송이를

한낱 먼지와 같을 뿐인데
어느 이름 모를 유랑자에게
가난한 꿈을 심어주는 꽃이 되리니
                                    - 「눈꽃」 전문

　박미량 시인의 시각에 펼쳐진 이 '눈꽃'은 바로 그
가 정서적으로 잠재한 서정의 향기가 물씬 풍기는 자
연 현상이다. 그는 그 자연 현상에서 감상주의를 배제
하고 그가 천착穿鑿하는 대자연관에서 창출된 '오묘한
조화'에 매료魅了되어 '고갈된 심상'과 융합하면서 한
장면의 '부드러운' 미적 시법을 연출하고 있다.

　이 서정시(lyric)의 원류는 서사시, 극시와 더불어 악
기에 맞추어 노래하는 정적인 운율을 중시했으나 그
후에 시인의 주관적이고 개인적인 정서와 체험을 노래
하는 잔잔한 시적 형태로 발전하게 된다. 또한 현대의
서정시는 사회의 복잡화, 비합리성 등에 대한 시인의
각성과 시인의 자의식의 과학적인 분석 등으로 비평을
내포內包한 작품들을 많이 접할 수가 있는 데 우리가 지
금 노래하는 자연 서정시와는 약간 그 패턴이나 표현
시법에서 차이를 발견할 수 있다.

　그것은 서정시가 갖는 비평의식보다는 박미량 시인
등이 현재 적시하면서 미적 주제를 탐색하는 아름다움
이 그 시간과 공간의 조화에 의해서 우리들의 공감을
흡인시키는 효율성을 강조하고 있는 것이다.

　그는 구사하는 '아득한 하늘 끝에서 쏟아지는 피날

레'는 '부드러운 눈꽃송이'이며 그것은 '어느 이름 모를 유랑자에게 / 가난한 꿈을 심어주는 꽃이 되리니'라는 심중의 일단이 그의 진실로 현현되고 있는 것이다.

> 푸르름으로 출렁이는 기적같은 생명의 축제
> 새의 숨결에도 움터오는 연초록 나뭇잎새들
> 잔잔한 개울물에 얼굴을 씻고 미소를 삼킨 햇살
> 마음껏 5월을 흔들어대는 자연의 향연

보라. 이 작품 「5월 아침고요수목원」 전문에서도 그가 자연 현장에서 감지하는 '생명의 축제'가 '자연의 향연'으로 승화하고 있다. 그는 '연초록 나뭇잎새들'과 '잔잔한 개울물' 그리고 '미소를 삼킨 햇살'이 그의 시야에서 '5월을 흔들어대는 자연의 대향연'으로 장식하고 있다.

> 4월, 어느 날
> 파릇한 잎새를 닮은 봄비
> 명자꽃잎을 훔치고 있다
> 하루치의 젖은 마음 닦을
> 아침을 걷는 우산 속 사람들
> 뒷모습은 바쁘지만
> 나뭇잎보다 싱싱한 남자의 얼굴
> 어디선가 바람을 타고 온
> 보리, 푸른 냄새가 파르르 끼친다

그는 작품 「명자꽃」 전문에서도 자연에서 만끽할 수 있는 '파릇한 잎새, 봄비, 바람, 보리, 푸른 냄새' 등이 이 '명자꽃잎'과 풋풋한 교감으로 그의 시법에 자극을

던지고 있다.

이러한 서정성은 현대시의 요체가 되는 귀중한 시법이다. 박미량 시인도 그가 생生의 정점에서 해법을 찾아보는 존재의 문제에서도 그러한 내적인 어떤 갈등과 고뇌의 요소 이외에의 그의 정서나 사유는 자연 현장으로 시각을 돌려서 안온하고 안정을 추구하는 만유萬有의 자연 서정성에 몰입하는 특성이 있다.

일찍이 파스칼은 그의 「팡세」에서 "자연은 모든 것을 말할 수 있고 신학神學까지도 말할 수 있다"는 것을 "그로부터 배우는 삶들이야 말로 자연을 깊이 존중하는 삶들"이라는 교훈처럼 자연 속에서 생명과 존재의 의미를 탐색하고 바르게 지향할 가치관을 새롭게 정립하는 것이 우리 시의 기능이기 때문이다.

이러한 자연과 생명 그리고 그 존재의 인식은 불가분의 관계이지만, 서정적 인식으로 삶의 다양한 지표들을 형상화하는 시법에 찬사를 보내게 한다. 박미량 시인의 시집 출간을 진심으로 축하한다.

인지생략

over a wall
poetry
19

그래도 생이다

2014년 1월 05일 초판 1쇄 인쇄
2014년 1월 11일 초판 1쇄 펴냄

지은이 | 박미량

펴낸이 | 송계원
디자인 | 송동현, 김은아, 박향선, 한상욱
펴낸곳 | 도서출판 담장너머
등   록 | 2005년 1월 27일 제2-4102
주   소 | 100-272 서울시 중구 필동2가 84-10, 105호
전   화 | 02-2268-7680
팩   스 | 02-2268-7681
이메일 | overawall@hanmail.net

2014 ⓒ 박미량

ISBN 89-92392-32-7 03810
값 12,000원

* 파본은 본사나 구입하신 서점에서 교환해드립니다.